www.ingramcontent.com/pod-product-compliance
Lightning Source LLC
Chambersburg PA
CBHW060509160726
47992CB00003B/1395

دار حروف منثورة للنشر والتوزيع

الطبعة الأولى

الكتاب: الملك رادون

المؤلف: أحمد رياض

تصنيف الكتاب: رواية

تصميم الغلاف: فريق الدار

تنسيق داخلي: فريق الدار

مراجعة لغوية: بمعرفة الكاتب

رقم الإيداع: 8189/ 2022م

الترقيم الدولي: 9789776867307

مؤسس الدار

مروان محمد

Website: https://horofpdf.wixsite.com/ebook

Fan page: http://facebook.com/herufmansoura

Email: herufmansoura2011@gmail.com

هاتف جوال: 00201113006296 – هاتف جوال: 00201064054995

دار حروف منثورة للنشر والتوزيع لا تتحمل أية مسئوليةٍ تجاه المحتوى الذي يتحمل مسئوليته الكاتب وحده فقط وله حق استغلاله كيفما يشاء سواءً بالنشر مع الغير أو بأية وسيلة أخرى.

رواية

الملك رادون

ظمأ الروح لا يرويه الجسد

الملحمة الثالثة

أحمد رياض

بدأ (رادون) حكمًا جديدًا، حكمٌ لم يقم على الوراثة كحكمٍ (ليني) و(سيلدن) ولا على الاختيار كحكم (جسبلت) المختار من (بهرام) العظيم، كان يرى أنه صنع نفسه وشقَّ طريقه الصعب بنفسه غير معتمدٍ على نبوءةٍ أو نسب، لذلك ظنَّ أنه الأعظم بين الملوك؛ فهم صنعهم مصيرهم وأتاهم المُلْك بفعل غيرهم؛ أما هو فقد صنع مصيره ونال المُلك بقوةٍ ومهارة، كانت سيطرته على كل مراكز القوة في الدولة شبه مطلقةٍ، وعندما اجتمع مجلس الحكماء للنظر في توليه الملك والتحقيق في وفاة الملك حاصر المقرّ بجيشٍ عظيم ولم يكن لأعضاء المجلس من أنصارٍ بالجيش، وكذلك وجد من بينهم أنصارًا له ليسوا من الجيانيز فقط إنما كانوا من كل العشائر البشرية، كان واضحًا أن ليني قُتل لكنَّ نبأ انتحاره لم يجد مكذِّبًا واحدًا؛ فالكلُّ إما معجبٌ برادون وموالٍ له وإما خائفٌ من سيطرته ومتجنبٌ لبطشه، وهكذا صار نائب الملك العقيم ملكًا.

في أول أيام مُلكه نبهه أحد الخبثاء أنَّ مُلكه مهدَدٌ بظهور جسبلت، وأنه على الرغم من سيطرته هذه فلن يبقى معه أحد لأنَّ شخصية جسبلت الآسرة لن تجد من يتحداها من أجله فهو محبوب مع كراهيتهم لقوانينه، وهذا من عجائبه. لم ينتظر رادون وجرَّد من فوره حملةً لمهاجمة الكهف الذي يؤوي جسبلت، وانتظر أخبارًا تأتيه لكنه فوجئ باختفاء الحملة في ظروفٍ غامضةٍ، وشاع الخبر وأصاب الجند

رعبٌ شديد، وازداد قلق رادون فأمر بتجريد حملةٍ أخرى لكنه لمس خوف الجندِ والقادة فقرر إلغاءها وأجَّل المواجهة المحتملة مع جسبلت حتى يفهم ما يحدث بالضبط.

مرَّت الأيام ثم الشهور ولم يظهر جسبلت، وخف ترقُّبُ رادون رويدًا رويدًا حتى نسي أمر جسبلت ونسيه الجميع عدا الجسبلتيين الذين ظلوا يأملون ظهوره ليخلِّصهم من الطاغية الجديد سارق المُلك من آل جسبلت.

بعد دفن الملك ليني جمعت (ميرالا) متعلقاتها وحاولت الذهاب لقصر أبيها؛ لكنها فوجئت بمنعها من الخروجِ من القصر وتحديد إقامتها في غرفتها، كانت حانقةً يملؤها البغض لرادون الذي غدر بزوجها ومنعها من الذهاب لبيتها الأول، كانت في الماضي تخافُ من نظراته الوقحة وتهرب منها عندما كان يزور أباها أو تضطر لحضور حفلٍ له مع أبيها، شيء في نظرته كان يخيفها وينفِّرها، تذكرت ذلك الآن بعد أن صار الملك وبعد أن منعها الخروج من القصر.

فوجئت بزيارةٍ من أبيها في القصر، كان وجلًا يحاول الابتسام وعندما رأته تعلقت به وجعلت تبكي بحرقةٍ، ربت على ظهرها حتى هدأت ثم جلس إليها وقال:

- وضعك في القصر لا يريحني يا حبيبتي، وقد طلبت من رادون أن تعودي للعيشِ معي لكنه ماطلني وقال أنَّ أقلَّ تكريمٍ لملكتنا السابقة أن تظلَّ بقصر الملك وتحتفظ بلقبها الملكي.

احمرت عيناها غضبًا وقالت:

- لا أريد أن أظلَّ ملكة حبيسةً في قصره الملعون.

نكس رأسه وبدا أنه مكلفٌ بمهمةٍ صعبة فازدرد ريقه بصعوبةٍ وقال:

- أعلم يا ابنتي أنه لم يرُق لك قديمًا، أنا تاجرٌ بارع في قراءة النظرات، لكن رادون طلب مني أن يتزوجك ويصيّرُك ملكة الأرض، وهو يعرض أن يعطيك قصورًا ويمنحك سلطاتٍ لم تعطَ لملكةٍ من قبل.

صمت قليلًا ثم أكمل:

- أعرف أنك تكرهينه، وهو يريدك بجنون، لا أدري هل هو حبٌ أم رغبةٌ محمومة لكننا لا نملك الخيار، فأنا أعلم الناس به، لا نملك غير الموافقة.

ضغطت حروف كلماتها وهي تقول:

- على جثتي أن يظفر بي هذا الثعبان الكريه، يقتل زوجي ويسلب مُلكه ويريد أن يسلب روحي كذلك، الموت أهون يا أبي.

كاد الرجل يبكي وهو لا يدري ماذا يفعل وكيف يتجنب المصير المؤلم الذي ينتظر ابنته، كان يعلم أنَّ رادون حيوانٌ شرهٌ لا يشبع، وأنه لن يتورع عن استغلال نفوذه في ابتلاع كلِّ ما يروي طمعه من مالٍ ونساءٍ وخمرٍ وسُلطةٍ؛ وربما يشرب دماء من يعترض سبيله ويحرمه من إشباع حواسِّه جميعًا، لا شكَّ أنَّ هذا الوغد سيفنني جسده سريعًا، سيحترق كشمعةٍ وهو يفني جسده في ملذَّات الحياة جميعها.

بخلاف أبيها كانت ميرالا لا تهابه، وكان احتقارها له يملأ حواسَّها وقلبها حتى أنها لم تعد تتخيل أنَّ هناك مكانًا لمشاعر أخرى تزاحم احتقارها له.

خرج أبوها من القصر حزينًا منكسرًا، ولم يسع لإبلاغ رادون برِدِّها عليه فهو يدرك جيدًا أنَّ كلَّ شيءٍ وصله قبل أن يخرج من القصر.

كان يتوقَّع مدى الغضب الذي سيشعله رادون، وأي ضررٍ قد يلحقه ويلحق ابنته، لم يدرِ أنَّ رادون في القصر يحاول رؤيتها من بعيد ويكتم دمعةً قد تخونه لتظهر مدى ضعفه أمامها، فيقرر إطفاء ناره مع امرأةٍ أخرى وهو لا يعلم أنَّ ناره لن تنطفئ أبدًا.

مرَّت أيامٌ وهو يبتعد عنها ويحاول نسيانها، كان يتعذَّب أثناء حياة ليني صديقه الذي رفعه، كان يلوم نفسه أحيانا أنه يشتهي زوجته ويحبها لكن الوجد الذي يحرقه كان يحرق كل يومٍ جزءًا من إخلاصه لليني الذي فعل من أجله ما فعل، تآمر على سيلدن من أجله، خلَّصه من أفكار جسبلت ليتمتع بالحياة.

كان يحبه بالفعل لكنه أصبح يمقته بعد أن نالها وأصبح أكثر مقتًا له عندما جرَّب حلاوة السلطان وشهوته التي لا تقاوم، كان هو الملك الحقيقي، كان يدير شؤون أكبر مملكةٍ بالتاريخ، وفي النهاية مطالبٌ بالانحناء أمام رجلٍ كسول، ومجبرٌ على قول (مولاي) لرجلٍ هو من يتحكم فيه.

كان يحترق كل يومٍ وصورة ميرالا لا تفارق خياله في نومه ويقظته، وكلما حاول إطفاء ناره اشتعلت أكثر، مافعله ليس جديدًا، حاول إطفاء النار فغرق في شهواته وشرب حتى أُغمى عليه، وضاجع حتى اصفرَّ لونه لكنه لم ينسها.

هي تأبى الزواج منه وتأبى الركوع، يرى أنها لا تفهمه، هو يريدها ملكةً ولا يريد ركوعها، هو يعشقها ويقتله صدودها؛ أدرك أنه يحبها لدرجةٍ تمنعه من إيذائها أو محاولة نيلها بالقوة، أدرك أنَّ قلبه الذي ظنَّه حديدًا أسود اللون يرقُّ لها كقلب أمٍّ حنون.

لا يطيق فراقها ويؤذيه ما يؤذيها، صبر عن رؤيتها ثلاثة أيام وشعر بوحشةٍ مؤلمة كأنه وحيدٌ بالصحراء، لا يستطيع لقاءها فلن يسمع منها سوى الاتهامات، الاتهامات التي سمعها يوم مقتل ليني، كانت تصرخ وتصفه بأبشع الصفات، هي تمقته كالموت وتحتقره كحشرةٍ، وتتقزز منه كدودةٍ تتحرك فوق شفتيها، لا يستطيع مواجهتها، فنظرة الكراهية في عينيها تبتلعه وتعتصره ثم تلقيه بلا لحم ولا عظام، لذلك يجب أن يراها دون أن تراه.

في اليوم الثالث من ابتعاده عنها استدعى مهندس القصر وطلب منه تصميم غرفةٍ زجاجية لا يرى من بداخلها مَن بخارجها، صمم المهندس الغرفة وأشرف على تنفيذها، وكان رادون يتسلل ليرى ميرالا كل ليلةٍ وهي نائمة، وهو حريص على ألا تشعر به حتى اكتمل

بناء الحجرة الزجاجية؛ وحينها أمر بنقلها للحجرة موفِّرًا لها كل سبل الراحة والاستجمام.
فكانت الحجرة واسعة بها حوضٌ للاستحمام والسباحة، وسريرٌ كبير مفروش بالحرير والأرض مفروشةٌ بسجادٍ فاخر رسومه مبهرة وألوانه مبهجة، مقاعد وثيرة ملونة ونسيمٌ عليل يأتي من كوَّةٍ بالسقف محملًا بروائح زكية، وبالحجرة وصيفتان تسليانها وخادمتان لرعايتها، كان يتصور أنه منحها فردوسًا أمل أن يراقبها وهي فيه سعيدة، أراد أن يستمتع بابتسامتها وتتلذذ أذناه بصوت ضحكاتها عبر فتحات الزجاج الصغيرة.
انتقالها إلى الفردوس لم يجعلها سعيدةً، ظلَّت على حالها لم يزايلها الحزن، وزاد عليه اختناقها بين الجدران الزجاجية تستعذب الموت لتستريح من نظراته التي لا تراها ولا تحتملها.
ذات يومٍ جلست إلى إحدى الوصيفات، وبصوتٍ هامسٍ طلبت منها معرفة الميعاد الذي يتلصص فيه رادون عليها والمكان الذي يراقبها منه، صمتت الوصيفة في البداية لكنها لانت أمام توسلات ميرالا وبكائها، أخبرتها أنها ستجنُّ وأنها تشعر أنه يراها دائمًا في كلِّ لحظةٍ حتى أنها تحسُّ أنه قادر على النفاذ تحت جلدها يراقب عظامها ويشاهد تدفُّق الدم في عروقها ويحصي قطراته.

علمت بميعاد وقوفه والمكان بدقةٍ، والغريب أنها نامت في هذا اليوم نومًا هنيئًا وكانت مبتسمة.

في اليوم التالي جاء رادون ووقف أمام الزجاج، عيناه تبتلعان جسدها وتحيطان بدقائقها وقسماتها، كان لا يشبع منها، يتنفسها، يغذي قلبه وعقله بصورها، كانت تأكل التفاح والخادمة تقطِّعه لها بسكين، ابتسمت للخادمةِ وطلبت منها السكين، أعطته لها الخادمة فأخذته بهدوءٍ وقامت، ثم سارت إلى الجدار الذي يراقبها من خلاله وتوقفت على بعد خطوةٍ منه.

أصابه الذهول وهو يراها تقف أمامه مباشرة وتنظر إليه نظرة كراهيةٍ لم يتحمل قسوتها، كاد يغمض عينيه أو يشيح بوجهه لكنه رآها ترفع السكين فصرخ بجزعٍ لكن جريان السكِّين على رقبتها أخرسه ومنظر الدماء الذي أغرق الأرض والزجاج أسقطه على الأرض كالموتى.

أصابت الملك حمىً شديدةٌ وظلَّ في فراشه يهذي ثلاثة أيام بلياليهنَّ، كان يرتجف ويتصبَّب عرقًا وحوله الوصيفات يحاولن تبريده بالماء، والأطباء عاجزون عن فعل أيِّ شيءٍ، ورجاله المخلصون يتابعون كل شيءٍ بقلق ويفكرون فيما سيحدث إن مات الملك فجأة؟ وأي ملكٍ سيختاره مجلس الحكماء الذي أسسه بهرام؟ تجمَّع القادة وقرروا أن يختاروا هم واحدًا منهم يرشحونه لمجلس الحكماء، فوقع اختيارهم على (دياتر) وجهزوه ليكون الملك بعد إعلان وفاة رادون، بعد انقضاء الأيام الثلاثة فوجئ الجميع برادون يخرج من غرفته ويقف أمامهم.

تهللت وجوههم بالفرح فقد نجح في صنع قادةٍ موالين له بالفعل ويحبونه بإخلاص، نظر بهدوءٍ للجميع وقال لدياتر بهدوء:

- أعلم أنَّك من أخلص رجالي لكنهم وضعوك في مأزقٍ صعب!.

قال دياتر بصدق:

- مولاي الملك، إخلاصي لك لا يتبدل.

هز رادون رأسه بهدوءٍ وبدا عليه الإعياء فجلس على أقرب مقعدٍ وقال:

- أعلم يا دياتر؛ لذلك سأكرمك بوسام الإخلاص الملكي، وستتقاضى راتب تقاعدٍ لم يتقاضاه أحد من

قبل وكل الأبواب ستكون مفتوحةً من أجلك ولن يردَّ
لك مطلب.
كان يشعر بإعياءٍ شديد، فأشار لهم بالانصراف، وعندما
اقترب منه مستشاره الخاص قال له هامسًا:
- خسرت دياتر يا مولاي.
ابتسم رادون بضعف وقال:
- هو مخلص لي لا شك في ذلك، لكنه حلم بمكاني ولا
يمكنني المغامرة باستئمان رجلٍ كان قاب قوسين
أو أدنى من النجوم.
قام بصعوبةٍ شديدة وعاد لغرفته لينام ويخرج في اليوم
التالي بكامل قوته، ولا يدري أحد ما العلة التي أصابته
ولا كيف شُفي منها.

عندما خرج رادون من قصره حرص على أن يكون في أبهى صورةٍ مرتديا أفخم ثياب الملك، واضعًا على رأسه تاجًا جديدًا أعظم وأكبر حجمًا، كان يريد أن يثبت أنه الملك رادون بكامل قوته وهيبته، وأنَّ المرض الذي أصابه لم يؤثر على جلاله وعظمته، وأنه ما يزال رادون الملك الذي صنع نفسه. في الأيام التالية تغير الكثير من القادة، وبدت قرارات الملك غير مفهومةٍ، هل أصابه مرض الارتياب؟ ما يحدث أنه يكرم هؤلاء القادة ويعطيهم مكافآت مجزيةٍ، معظمهم من الذين اجتمعوا في مرضه لاختيار ملكٍ جديدٍ، كانوا عقلانيين أكثر مما يريد، عدا واحدٍ من القيادات العليا يدعى (ستانزو) سجل اعتراضه على الأمر وغضب بشدَّةٍ وترك الاجتماع. كان ستانزو من أعداء رادون في السابق أثناء حكم الملك جسبلت، وزادت العداوة والمنافسة في عهد سيلدن القصير فقد كان هناك خلافٌ شديد على إدارة جهاز الاستخبارات، وكان ستانزو أحد ضباط الجهاز الكارهين للجسبلتية، وفي هذا الوقت لم يكن رادون قد أظهر العداء الكافي للجسبلتيين بل تركهم واستغلهم في اغتيال سيلدن، وصلت معلوماتٌ لستانزو عن التقارب بين رادون والجسبلتيين وقبل أن يتحرك اعتقله رادون في سجنٍ سريٍّ حتى اغتيل سيلدن، وتولي ليني وارتفاع نجم رادون حتى صار الملك الفعلي. توقع ستانزو الإعدام في أي وقتٍ لكنه فوجئ بزيارةٍ من رادون يخبره بهدوءٍ أنه معجب به وبإخلاصه وأنه فهم خطأ

حب رادون للجسبلتيين؛ فقد كان يخدعهم ليوقع بهم وهذا ما حدث فقد قضى عليهم تمامًا.

كان ستانزو يستمع وهو مترقبٌ لكن رادون فاجأه بقرار العفو وتعيينه في قيادةٍ عليا ثم تركه بهدوءٍ وهو غير مصدق، وبعد ساعاتٍ قليلة أتاه الجنود ليُخرجوه فخاف وشعر أنها النهاية، وظنَّ أنهم يقتادونه ليُعدم ومرَّ شريط من الذكريات سريعًا؛ لكنه رآهم يخرجونه من السجن السري وباحترامٍ شديد ينادونه "سيدي القائد"! وبحضور رادون نفسه تسلم مهامه الجديدة فكاد يقبِّل يدي رادون من الفرحة وتحول كل البغض إلى حبٍّ وولاء تام.

لذلك غضب عندما رأى قادة رادون المخلصين يطعنونه ويختارون غيره وهو على قيد الحياة، ومن أجل ذلك غيَّرهم رادون ووضع ستانزو في القيادة التي تليه قائدًا للجيش ورئيسًا للولاة في ربوع الأرض يتبعه مباشرةً.

اجتمع رادون بستانزو بعد ترقيته الأخيرة وكان ستانزو ينظر للملك بامتنانٍ شديد وحبٍّ حقيقي فقال له رادون:

- طالما خبرتك كارهًا للجسبلتيين.
- هم أعداءٌ للحياة مهووسون وقد خلصتنا منهم يا مولاي الملك فلا عادوا بظلامهم اللعين.
- لن يعودوا أبدًا.

صمت رادون قليلًا ثم قال:

- أريد أن أخبرك بأمر الحمَّى التي أصابتني.
- نحمد الله على الشفاء يا مولاي.
- لم يكن مرضًا.

سكت ستانزو منتظرًا التوضيح فقال رادون:
- كان لقاءً طويلًا بالملك بهرام.
- الملك الموحِّد؟!.
- هو يا ستانزو، كان يوصيني بإصلاح ما أفسده جسبلت بقوانينه.
- لكنك قضيت على قوانينه ومتعصبيه.
- نعم قضيت عليهم وعلى القوانين؛ لكن الأرض عانت من الكبت والسواد طويلًا وأنا الموكل بعلاج هذه الآثار، سأكون نبي الحياةِ والسعادة وباعث البهجة والنعيم.

حرك ستانزو رأسه في حيرةٍ فقال له رادون:
- سأصدر قوانين وتوصياتٍ لإصلاح حياة البشر؛ وقد أواجه المتاعب والاعتراضات فهل ستكون معي بكل قوة؟!.

ظهرت الصرامة على وجه ستانزو وشدَّ قامته بقوةٍ وهو يقول بصوتٍ ملأه الإحساس بالواجب:
- لن أتوانى عن التضحية بحياتي من أجل مولاي الملك.

ابتسم رادون في ارتياح وقال:
- غدًا أبدأ في كِتابة (النسيم)، كتابي الذي سيكون نبراسًا للبشر ومصدرًا للقوانين الجديدة التي ستكون إصلاحًا وخلاصًا للأرض.

هز ستانزو رأسه وبدا لرادون أن ستانزو سيظلُّ معه حتى لو كان في الكتاب نهاية استانزو نفسه.

خرج كتاب النسيم للملك رادون بمثابة دستورٍ جديدٍ للحياة وثورةٍ على كل القيود، اعتبره البعض نقلةً جريئةً وإيجابيةً في تاريخ البشرية، واعتبره الكثيرون انحلالًا سيؤدي لهلاكٍ حتمي، أمَّا الجسبلتيون المشرَّدون في شتى البقاع فقد اعتبروه أقذر وأبشعَ ما أنتجه البشرُ على مرِّ العصور، وكانوا من فرط الحقد يحرقون ما تصل إليه أيديهم من نسخه.

بدأ الكتاب بمبادئ اعتبرها رادون هي الأساس قبل أن يخترع البشر قيودًا يسمونها الأخلاق، من هذه المبادئ إشاعة المُتع بشتى أنواعها؛ فلا يوجد طعامٌ ممنوع ولا شرابٌ ممنوع أو مكروه، والملبس حريةٌ شخصية قد يتركه البشر إن شكَّل لهم عقبةً في العمل أو الحياة، والنساء مشاعٌ ولا توجد امرأةٌ تخصُّ رجلًا بعينه وكذلك الرجال مشاع للنساء، كانت مبادئ الكتاب صادمةً وما حواه من قصصٍ أكثر صدمة؛ فقد جمع قصصًا للخيانات الزوجية والأزواج المغفلين، واتخذ ذلك دليلًا على نفاق النظام الاجتماعي الذي يجعل الزواج مقدَّسًا!

وزع رادون كتابه على الأرض كلها، وأرسل موظفين كدعاةٍ لنشر أفكاره وانتظر حتى أعلم الجميع بالفكر الجديد وفلسفة الحرية المطلقة التي جعلها عنوان عهده؛ ثم بدأ بإصدار قانون تجريم الزواجِ وقانون تجريم التعفُّف الذي نشره الجسبلتيون، فكلُّ من يثبت أنه يمتنع عن مباشرة النساء

بدون علَّةٍ مرضيةٍ باعتبار ذلك عبادةً أو زهدًا يعاقب بالحبس والغرامة.

أرسل القانون إلى كل ولايات الأرض لتنفيذه، وبدأ يجبر الأزواج على تطليق ومفارقة الزوجات، ضجَّت الأرض بالغضب واعتُقل الآلاف من الرافضين، وحدث انفلاتٌ كبير واندلعت ثورات في أنحاءٍ كثيرة قمعها الجيش بعنفٍ، وفي خضَمِّ الأحداث تجرأ أحد الولاة بعصيان الأمر الملكي وجاهر برفضة للقانون.

مثَّل الأمر لرادون حساسيةً شديدة وخاف أن يتمرَّد عليه الولاة فذهب بنفسه لهذه الولاية، وحكم بإعدام الوالي في ميدان عامٍ بنشره نصفين بالمنشار، كان المنظر شنيعًا لدرجةٍ أصابت رادون نفسه بالغَثيان؛ لكنها أوقفت التمرد وأنذرت بقية الولاة بطريقةٍ عمليةٍ لا تدع مجالًا للشك أنَّ الملك لا يحمل لمعارضيه أدنى رأفةٍ.

بعد إخماد الثورات والهدوء الذي ساد الأرض شعر رادون أنَّ الرماد تحته نارٌ فقرر إلغاء قانون منع الزواج، واكتفى بجعله توصيةً فقط؛ وقرَّر منح غير المتزوج وغير المتزوجة منحةً من الدولة تشجيعًا على عدم الزواج ليمهد لتقويض نظام الزواج الذي يعتبره قيدًا غير ضروري يعيق البشر عن التمتع بالحياة.

انتهت الصراعات ورضي البشر بما وصلوا إليه، مَن يريد الزواج يتزوج ومن لا يريده هو حرٌّ.

لكن الأمور لم تكن بهذه البساطة؛ فقد كثرت الصراعات بين المحافظين وأتباع الفكر الجديد الذين سمُّوا أنفسهم

(الرادونيين)، وبدأ كل من يرى رادونيًا يسبه ويلعنه ومن يجد رجلًا وامرأةً في وضع مباشرةٍ بغير زواج يفضحهما ويعيّرهما، فأصدر رادون قانون الحرية الذي يقضي بعدم اعتراض الرادونيين وتجريم كل من يهين رادونيًا أو يهين المعتقد الرادوني.

وكردِّ فعل للرادونية ظهر المحافظون الجدد الذين كرهوا تشدد جسبلت وانحلال رادون، هؤلاء المحافظون سموا نفسهم في البداية (سيلدينيين) نسبة لسيلدن الذي أسقط قوانين جسبلت، لكنهم لم يحتفظوا بالاسم طويلًا فما كان سيلدن بالملك الملهم لأتباعه نظرًا لقِصَر مدة حكمه وقلة إنجازاته؛ فسموا أنفسهم (البهراميين) نسبة لبهرام، اعترض الجسبلتيون على الاسم إذ اعتبروا أنفسهم الأولى ببهرام وأن الجسبلتية هي أصل البهرامية فبهرام هو الذي اختار جسبلت.

كذلك اعترض الرادونيون واعتبروا أنفسهم البهراميين الحقيقيين لأنَّ بهرام -بزعم رادون- هو من أمره بإصلاح العالم فالرادونية هي تطور البهرامية وتحظى برضا بهرام المحب لشعب الأرض العريض.

أما البهراميون فقد أصروا على اللقب وقضوا بانحراف الجسبلتيين والرادونيين، واتخذوا الاعتدال منهجًا دعوا له سكان الأرض، وكانت كلُّ القيم التي سادت عصر بهرام وما قبله من عفةٍ غير مبالغ فيها ومتعةٍ بغير إسراف أو انحلال هي هدفهم للموازنة بين الروح والجسد وتنظيم الحياة؛ لأنَّ

الزهد القاسي يقتل الحياة جوعًا والإسراف في المتع والشهوات والحرية الفوضوية يقتلها شبعًا.

لم يتعرض رادون للبهرامية، وفي المقابل دعم الرادونية بالمال واختار للوظائف العليا الرادونيين وأحاط نفسه بهم في كل مكانٍ، فصار طابع الدولة رادونيا بينما الشعب مقسم إلى طوائف ثلاث أبرزهم الرادونية التي تحكم وتجذب مزيدًا من الشباب.

استقرت أمور الملك وعزز رادون سيطرته على الحكم، ومكّن لمذهبه الجديد ونجح لأول مرةٍ في تاريخ الأرض أن يصيّر الانحلال شيئًا معتادًا وأن تنتهي كلمة (انحلالٍ خُلقي) من القاموس لتحل محلها كلمة (رادونية)، ويصير عاشق الشهوات رادوني متفتحًا، اعتاد رادون أن يظهر لاتباعه تمثل المبادئ الجديدة.

فانغمس في الشهوات وأسرف في كل شيء، أسرف في الطعام والشراب والنساء حتى أثقل جسده بالشهوات والمتع، كان قدوةً لأتباعه يرونه مؤمنًا بالحياة وأنَّ المتعة صلاةً مقدسة تُشعر البشر بالسعادة وتربطهم بالكون أكثر. لكنه كان يبحث عن تعويضٍ للخواء الروحي ولفقدان حبيبته ميرالا، وكان في آخر كل يومٍ عند الانتهاء من أعماله يسرف في شهواته ثم يذهب للغرفة الزجاجية التي وضع بداخلها جثة ميرالا بين الثلوج بعد أن خاطوا جرحها وجمدوها للمحافظة علي صورتها، وعلى الرغم من غياب عقله بسبب الخمر التي ملأت معدته كان يسمع الحرس المقرَّب نحيبه وصوت كفيه وهو يضرب بهما رأسه في حزن.

41

عرف (بلاذاش) بانتحار ابنته متأخرًا وأصابه همٌّ شديد ضاعفه عدم سماح رادون له بمقابلته، كل ما يريده هو دفن ابنته الحبيبة في قبرٍ يمكنه من زيارتها متى شاء، صارت أمنية العجوز أن يدفن ابنته ويُدفن معها بعد مماته، كتب رسالة للملك يستعطفه فيها ويذكِّره بالصداقة القديمة.

انتظر الردَّ كثيرًا لكنه لم يحصل عليه، فعرض على كثيرٍ من المقربين من الملك مالًا كثيرًا مقابل تدبير لقاء بالملك لكن طلبه قوبل بالرفض كذلك، يبدو أن رادون غير قادرٍ على مواجهة الرجل؛ فهو لا يستطيع رفض طلبه العادل، ولا يستطيع كذلك الاستغناء عن جثة ميرالا، يعلم أن طلب بلاذاش هو أبسط حقوقه، لكن روحه المعلقة بجثة ميرالا تمنع إجابة المطلب العادل، لا بأس فقليلٌ من الظلم ضروري لاستمرار الحياة!.

زاد همُّ بلاذاش وأصيب باكتئابٍ جعله يعتزل العالم ويصفي تجارته ويمكث بداره، وظل على حاله تلك حتى زيارة (برداز) قائد الوحدة 305 المسؤولة عن تأمين تحركات الملك، كان برداز مرسلًا إليه من شخصيةٍ عليا مجهولة، أحد القادة المقربين من الملك.

كانت زيارةً غريبةً في وقتٍ متأخر من الليل، طرق برداز بابه وهو متخفٍ في زيٍّ بسيط ففتح له الخادم

العجوز وانتظر قليلاً وهو يرمقه بنظرة مرتابٍ فبادره برداز قائلًا:

- أخبر السيد بلاذاش أني أريد لقاءه.
- لا يمكنني أن أوقظه في هذا الوقت.

قالها وحاول إغلاق الباب فوضع برداز قدمه بين الباب والحالق ليمنع إغلاقه؛ فأشار العجوز للخدم بسرعةٍ فهرعوا إليه بسيوفهم فقال برداز مسرعًا:

- أخبر السيد بلاذاش أنني أريده من أجل ابنته.

نظر له الخادم في شكٍّ وبعد لحظاتٍ أمر الخدم المسلحين باليقظة وذهب لإيقاظ بلاذاش.

نزل بلاذاش من الطابق الأعلى مسرعًا جاحظ العينين محمرهما وهو يهتف:

- دعوه يدخل.

دخل برداز فأخذه من يده لغرفةٍ جانبية وأجلسه فيها ثم أمر الخادم بعدم الدخول عليهما، بعد خروج الخادم قال برداز:

- أحسنت يا سيد بلاذاش؛ فالأمر بالغ السرية لكني أحب أن أعرف مدى ثقتك في خدمك هنا فقد اضطررت أن اقول مضمون ما جئت من أجله وأنت تعلم أنَّ الأمر خطير فهل يمكن تسريب أمر الزيارة من أحدٍ هنا؟.

- اطمئن، هم خدمي منذ عقودٍ وهم لا يغادرون قصري مطلقًا ولا يتصلون بأحدٍ من خارج القصر.

- أعلم ذلك لكني أحببت التأكد منك لخطورة الأمر.

- ها قد طمأنتك، ماذا عن ابنتي هل ستساعدني في أمر تحرير جثتها المحبوسة؟
كان يعتقد أن جثَّة ابنته محبوسةٌ تريد أن تتحرر، لم ينس كيف كانت حياتها في القصر الذي شهد مقتل زوجها وأسرها عند الرجل الذي تكرهه، كانت تأتيه في أحلامه قبل موتها تستنجد به وما زالت تأتيه بعد موتها تستنجد، الألم يعتصره من أجلها ويكاد لا يعرف طعمًا للنوم الهنيء.
قال برداز وهو يهمس:
- كم تدفع من أجل موت الملك؟
بهت بلاذاش وصمت ثم سأله:
- من أنت؟
- لا شأن لك، يكفي أن تعرف أنني رسولٌ من شخص يستطيع الوصول للملك وهذا كل ما عندي.
هزَّ بلاذاش رأسه في فهم ثم قال:
- نصف ثروتي مقابل ذلك.
جحظت عينا برداز بذهولٍ فهو يعلم جيدًا حجم المبلغ فقال وهو ساهمٌ قليلًا:
- سأنفذ خلال خمسة أيام.
- كيف ستنفذ؟ ولماذا خمسة أيام؟
- هذه الأسئلة لا حاجة لكَ بإجاباتها، ليس لك عندي غير النتيجة.
- حسنًا، بعد تنفيذ العملية سينتقل المال إلى الشخص الذي ستحدده لي.

- سيحدث لكني أذكِّرك بشيءٍ حتى لا تحدثك نفسك بسوء.

ابتسم بلاذاش ثم قال:

- لا داعي لذلك فأنا رجلٌ زهد المال ولا يعني لي ما سأدفعه شيئًا مقابل ما ستؤدونه من أجلي.
- أعلم ذلك؛ لكنها رسالةٌ يجب أن تصلك على أية حال.
- قلها.
- يقول لك السيد أن من يستطيع قتل الملك يستطيع قتلك؛ أو على الأقل حرمانك من جثة ابنتك للأبد.
- أعلم هذا، أخبره أنك أبلغتني الرسالة.

شكره برداز ثم انصرف وهو متخفٍ كما أتى؛ فوقف بلاذاش ينظرللحجرة التي كانت تؤوي ابنته قبل الزواج وهو شاردٌ حتى ظنَّ الخدم وهم يرونه من بعيد أنه نام واقفًا.

42

مرَّت أيامٌ ثلاثة من الانتظار والترقب، يكاد بلاذاش لا يعرف طعم النوم إلا غفواتٍ لا تطول تمكِّنه من مواصلة الحياة، بعد الأيام الثلاثة سمع طرقاتٍ على باب قصره فهُرع ناحية الباب ومنع الخدم من فتحه، وعندما فتحه نظر في كل الاتجاهات ولم يرَ أحدًا فعثرت قدمه بزجاجةٍ صغيرة على الأرض.

انحنى والتقطها فوجد بداخلها رسالةً، فتح الزجاجة بلهفةٍ وأخرج الرسالة وقرأها، كانت كلماتها قليلةً تخبره بموعدٍ للقاء السيد الغامض فجرًا في قصر أندريف المهجور أعلى البلدة، طوى الرسالة ومضى شاردًا، تُرى من هو السيد الغامض؟ وماذا يريد من لقائه فجرًا؟ هل قتل رادون بالفعل وهو يريد المال؟ وإن قتل فلم كلُّ هذا الحرص؟ لماذا لم يستدعه عنده أو يأتي بنفسه؟ تساؤلاتٌ كثيرة شغلت رأس بلاذاش وهو يمضي نحو حجرته.

قرب الفجر جهز بلاذاش نفسه للذهاب لقصر أندريف، خرج من قصره واتجه شمالًا حذاء النهر ثم انحرف لمنطقة الخرائب القديمة التي يخشى البشر دخولها، طالما سمع وهو صغيرٌ عن أحداث اختفاء الفضوليين الذين ولجوا هذه المنطقة، يقولون أنها ملعونة غضب عليها الرب قديمًا فأهلك سكَّانها ولم ينجُ منهم أحد.

عندما كبر لم يصدق ما يشاع عن هذه المنطقة، وعندما عرف رادون بعد ذلك وصادقه على الرغم من فارق السن قرَّرا معًا دخول المنطقة وتحدي الأسطورة، كانت شجاعة رادون وحماسته تعجبان بلاذاش، فتذكَّره وهو يقول:

- لا أعلم في ديننا خبر هذه المنطقة ولا التحذير من ولوجها، وما علمته من أبي أن بهرام كان يتردد عليها قديمًا وكانت له ضيعةٌ على التل المرتفع هناك يتعبد فيها؛ لكن جسبلت هو الذي أشاع هذه الشائعة لاعتقاده بقدسية المكان فأمر بمنع اقتراب البشر منه وعزز الأمر بهذه الشائعة الحمقاء.

تذكر بلاذاش وهو يمرُّ بالمكان ويشاهد البيوت الصغيرة المتناثرة ثم المنطقة المليئة بالزروع حتى ظهر له قصر أندريف جوار التل المرتفع، وهو القصر الذي كان يملكه بهرام وهذا التل هوالذي صعده ليتعبد فيه كما أخبره رادون.

دخل بلاذاش القصر ورنَّت في أذنيه ضحكة رادون عندما دخلاه أول مرة وهو يقول:
- أين اللعنة لتصيبنا؟

كان بلاذاش حينها خائفًا وخشي أن تصيبه اللعنة فعلًا، والآن وهو في نفس المكان بعد هذه السنين الطوال موقنٌ أنَّ اللعنة أصابته بالفعل.

نفس البهو بنقوشه الجميلة وفراغه المرعب، تسمع صوت الرياح وهي تتخبط بجنباته متخللة الغرف

الكثيرة الخاوية، بعد قليلٍ لمح رجلًا يقترب من بعيد بتؤدة، لم يتبين ملامحه حتى اقترب وصار على بعد خطوات منه فشهق بلاذاش بدهشةٍ:

- أنت؟!

كان الواقف أمامه هو استانزو، أكثر رجال رادون إخلاصًا! لم يزل أثر الدهشة من وجه بلاذاش وستانزو يقول ببرود:

- في الغد سيعرف الجميع بموت الملك.

- ولماذا لم تنتظر للغد؟

نفخ ستانزو بضيقٍ وقال:

- هناك غضبٌ عليَّ من رجال رادون، وكان رادون نفسه على وشك الإطاحة بي لولا ما فعلت وإن انتظرت سيعدمونني على الأرجح.

نظر له بلاذاش بشكٍّ وقال:

- وما يدريني أنه مات بالفعل؟

مد ستانزو يده في جيبه وأخرج خاتمًا فصُّه أسود منقوش عليه اسم رادون، وجزءٌ من الفص مكسور، كان الخاتم لا يفارق إصبع رادون ويصعب تقليد الخاتم بكسره هذا، عندما وقعت عينا بلاذاش على الخاتم أيقن أن رادون مات فعلًا فهو لا يخلعه من يده مطلقًا.

هز بلاذاش رأسه بأسى وقال:

- حقًا لم أرد هذا.

قال ستانزو بنفاد صبر:

- أعطني حقي فالوقت يداهمنا.

- وابنتي.
صاح ستانزو بغضب:
- ما شأني بابنتك؟ يمكنك تسلم جثتها من مجلس الحكماء قبل تنصيب الملك الجديد.
قال بلاذاش مهدئًا:
- حسنًا لا تغضب، لقد نفذت الاتفاق واستحققت المكافأة.
مد بلاذاش يده في جيبه وأخرج ورقةً ناولها لستانزو وقال:
- هذه خريطةٌ بأماكن مدفون بها صناديق مملوءةٌ ذهبًا، وهو نصف ما أملك ويزيد قليلًا، خذها تعينك على حياتك القادمة.
فتح ستانزو الورقة وقرأها مبتسمًا، ونظر لغرفةٍ جانبية فاتجهت عينا بلاذاش حيث ينظر فإذا بالملك رادون خارجًا من الغرفة بهدوءٍ يقترب منهما حتى وقف جوار ستانزو ومد يده له فوضع ستانزو في يده الخاتم والورقة!.
لبس رادون الخاتم وصرف ستانزو بإشارةٍ من يده فانحنى ستانزو وخرج بهدوء.
زفر رادون زفرةً طويلة ثم قال:
- هل تذكر هذا القصر يا بلاذاش؟
صمت بلاذاش فقال رادون:
- عجيب أنك لم تشكّ في الأمر على الرغم من اختيار هذا المكان للقاء! والأعجب أنك لم تشك عند رؤية ستانزو أكثر رجالي إخلاصًا!

- لا ولاء مضمون للنهاية أيها الملك، ووجودك على العرش خير دليل.

تجاهل رادون التلميح بخيانته لليني، فهزَّ رأسه وقال ببرود:

- أنت على حق.
- لماذا خدعتني يا رادون وأنت تملك أن تعدمني إن شئت دون إبداء أسباب.
- ومن يريد إعدامك يا بلاذاش؟ وهل تعتقد أنك تمثل أية خطورة تستدعي ذلك؟!
- إذن لماذا؟

تنهد رادون ووضع ذراعه على كتف بلاذاش وقال:

- تعلم أنه يمكنني سحقك بلا رحمةٍ يا بلاذاش، لكني أكره إيذاءك إكرامًا للصداقة القديمة ولابنتك ميرالا.
- ميرالا! التي قتلتها يا رادون.
- لم أقتلها.
- قتلتها بحبسها في علبتك الزجاجية.

ظهر التوتر على وجه رادون وهو يقول:

- من حقي الآن أن أقتلك جزاء المؤامرة لكني لن أفعل؛ ألا يستحق ذلك منك أن تقدِّر حاجتي لها؟
- حاجتك لجثة! يالك من معتوه!.
- ليست جثة، أنت تراها جثة، وأنا أراها ميرالا حبيبتي، لن أستطيع العيش بدون رؤيتها ثانيةٍ.
- لماذا لا ندفنها ونكرمها؟ ويمكنك زيارتها مثلي متى شئت؟!.

- أنا أكرمها بالخلود فهي في مكانٍ خير من كل قبور الأرض، في حجرتها بالقصر ملكةً على البشر.
- ليس هناك ما هو أكرم من القبر للميت.

صمت الاثنان ونظر بلاذاش لرادون نظرةً طويلة ثم قال:

- أعرف ما تريده؛ تريدني أن أرضى ليرتاح ضميرك، تريد مباركتي لتقنع نفسك أنَّ ميرالا سعيدة بما تفعل، لكني لن أمنحك ذلك الشعور، ولتعلم أني ألعنك وميرالا كذلك تلعنك في موتها إلى الأبد، فلتنظر لجثتها كما تريد لكن تأكد أنَّ جثتها تلعنك وتبصق على وجهك الكريه.

صمت قليلاً ليلتقط أنفاسه ثم قال بتحدٍ وهو مجهد:

- يمكنك أن تعدمني الآن فلا حاجة لي بعفوك.

نظر رادون له بأسى وقال:

- اذهب يا بلاذاش فقد أفشلت خطتي بالفعل، لن أحظى برضاك على هذا الأمر أبدًا، لكني أحذرك أن تثير المتاعب فحينها لن أتردد في إعدامك.

انصرف بلاذاش وهو يجرُّ رجليه جرًا وقد أنهكه الحزن، وترك رادون يتأمل جدران القصر القديم بعينين زائغتين.

خلال سنوات من حكم رادون نمت قوة الرادونية وصارت نموذجا لحياة الكثيرين؛ وفي المقابل تنامت البهرامية كردِّ فعل بينما بقيت الجسبلتية مشرَّدة وإن حاول بلسدان توحيد الجسبلتيين؛ لكن الضربة التي وجهها رادون لهم قللت عددهم فصارت قوتهم صغيرة بالمقارنة بالرادونيين والبهراميين.

لكن تنامي الرادونية دعا (توبيل) البهرامي أن يضع يده في يد بلسدان لتوحيد جهودهما في محاربة الرادونية التي قضت على الأسرة ونشرت أمراض الانحلال ونتج عنها آلاف اللقطاء الذين تكفلت بهم الدولة لتعطيهم الحاجات المادية لكنها لم تعطهم حنان ورحمة الوالدين، بدآ في نشر القيم المشتركة بينهما كالعفة والطهارة وإن تجاوز الجسبلتيون أحيانًا بنشر قيم الزهد المطلق واحتقار النساء مما هدد الوحدة بين توبل وبلسدان بالانهيار أكثر من مرة.

كانت أخبار الاتحاد بين توبيل وبلسدان تصل مباشرة للملك رادون الذي رأى أنه مسيطرٌ على الموقف ويستطيع أن يسحق الاثنين بضربة واحدة لكنه انتظر لتكوين أكبر عدد من الأتباع حتى يضرب ضربته التي تقضي على أي أمل.

جدت أمورٌ شغلت رادون وغيرت من الموقف تمامًا؛ فقد حدث تغير في الطبيعة مثَّل خطورةً شديدة على البشر فالسماء منعت مطرها عامين متتاليين وانخفض منسوب مياه الأنهار، وبدأت أماكن كثيرة بالأرض تتعرض للجفاف

وظهرت مجاعاتٌ في أماكن عدة وانشغلت الدولة بكل قوتها في محاولات إنقاذ هنا وهناك أنهكت الحكومة الرادونية وكلفتها الكثير من المال المخزون.

أثناء ذلك كثف توبيل وبلسدان دعايتهما ضد الرادونية وعزوا هذه الأزمة إلى غضب السماء على رادون والانحلال الذي ملأ به الأرض، ولقت دعوتاهما رواجًا شديدًا وبدآ في تكوين جيشٍ من الجسبلتيين والبهراميين سمي (جيش الفضلاء)، وأعلنا من مكان انطلاقهما جنوب العاصمة بمائتين وخمسين كيلو مترًا خلع الملك رادون وتنصيب توبيل ملكًا مكانه وبلسدان وزيرًا أول.

زحف الجيش المشترك شمالًا تجاه العاصمة وهو يرفع شعار رأس رادون قربانًا من أجل المطر؛ في الطريق الطويل لقى الجيش حامياتٍ صغيرة أبادها عن آخرها وواصل تقدمه، وفي كل خطوة كان عدد المنضمين للجيش يزداد فبات يشكل خطرًا حقيقيًا؛ فجهز رادون جيشًا كبيرًا وجهه للجنوب لملاقاة جيش الفضلاء.

أثناء انشغال رادون بلقاء جيش الفضلاء ظهر رجلٌ في الجنوب يدعى (هودجر)، كان عاملًا من عمال المناجم تمرَّد على أحد الرادونيين الكبار الذين جاملهم رادون وأعطاهم حق انتفاع المناجم، قتل هودجر السيد الرادوني وهرب وأتعب الشرطة في البحث عنه لكنهم لم يعثروا له على أثر. صار هودجر أسطورةً وسط العمال والفقراء واستدعوا بطولته عندما اشتدت الأزمة وظهرت المجاعات؛ وعندما ظهر هودجر محاطًا ببعض الأتباع دعا الفقراء إلى مهاجمة

بيوت الأغنياء المملوءة بالذهب والأموال والطعام وحدثت ثورةٌ رهيبة نُهبت فيها المتاجر والبيوت، ولم تقدر الشرطة على صد هذا الطوفان والجيش مشغول بمحاربة توبيل وبلسدان.

تلاقى جيش رادون وجيش الفضلاء في عدَّة معارك لم تحسم حتى نزل رادون بنفسه بجيشٍ آخر ليدعم قوة الدولة فحقق في النهاية انتصارًا على الجيش المشترك للبهراميين والجسبلتيين وأسر توبيل وبلسدان.

قتل رادون زعيمي التمرُّد ومزق جثتهما وعلقها في أكبر ميادين العاصمة، كان انتقامه بشعًا ومقززًا، أراد إرهاب كل من يتجرأ بالمعارضة، لكن الأمر كان أكبر من الخوف فالمجاعة أظهرت الجانب المتوحش من البشر، ولم يكد ينتهي من مشكلة توبيل وبلسدان حتى ظهرت مشكلة هودجر الذي سيطر على جزءٍ كبير من الجنوب وكوَّن جيشًا كبيرًا وأعلن خلع رادون ثم نصَّب نفسه ملكًا، ودعاه أتباعه هودجر ملك الفقراء.

حصَّن هودجر المناطق التي سيطر عليها جيدًا، وبدأ يصدر قوانينه ومنها قانون مصادرة جميع أموال وأملاك الأغنياء وإخراج كل الحبوب التي خزنوها لمواجهة المجاعة وتوزيعها على الفقراء.

زاد أتباعه كثيرا وانضمت إليه فلول جيش الفضلاء الراغبة في الانتقام من رادون.

بات واضحًا أنَّ هودجر ليس كتوبيل وبلسدان وأصبحت المواجهة بينه وبين رادون وشيكة وليست مضمونة على الإطلاق.

تمكن هودجر من المناطق التي استولى عليها وبسط نفوذه الكامل على الأرض وعلى قلوب الفقراء الذين شبعوا بعد جوع وأحسوا بالكرامة بعد المذلة، لم يشب ثورته العظيمة إلا الظلم الذي مارسه أتباعه ضد الأثرياء من قتلٍ وتعذيب وتمثيل بالجثث فكأنَّ الأمر انتقام وتنفيس عن أحقادٍ متراكمةٍ وليس عودةً للحق وإشباعًا للبطون الجائعة.

كان هودجر من الجيانيز لكن أقرب رجاله كان من البرونين وهو رجل يدعى (جفشن)، جعله هودجر الرجل الثاني بعده وكون مجلسًا استشاريًا من رجاله الخلصاء وهم ثلاثون رجلًا من جميع الأحياء كل منهم أدى دورًا كبيرًا في ثورة الفقراء، كان هودجر أكثرهم شجاعة وحماسًا وأكثرهم رحمةً.

لم يحب العنف الذي قضوا به على الأثرياء، وكان يميل للعفو عنهم مقابل ترك الأموال التي ملكوها من دماء الفقراء كما كان يظن، لم تميز ثورة الفقراء بين الأثرياء الشرفاء الذين بنوا أنفسهم بالعمل وساعدوا غيرهم وبين أثرياء الامتياز الحكومي واستغلال النفوذ والحشرات الماصة لدماء البشر.

لم يفرض هودجر شيئًا على أتباعه فجمع في جيشه البهراميين والجسبلتيين وكذلك الرادونيين الفقراء الذين بحثوا عن المتعة ونقموا على سيدهم الذي أباحها ولم يعطهم المال الذي يجلبها.

في اليوم الأول من ثورة الفقراء وبعد أن ملك كل الأراضي الجنوبية البعيدة عن عاصمة رادون راع هودجر كثرة دماء العائلات الكبيرة عندما قرأ تقريرًا يصف الحال بعد نهاية الأحداث.

نزل بنفسه وتفقَّد الشوارع وانحرف ليرى قصرًا كان يعرفه في السابق، قصرٌ كان يملكه أحد أصحاب المناجم والذي باع المنجم فيما بعد؛ كان يعلم نبل الرجل ويذكر له موقفًا أنقذه فيه من موتٍ محقق عندما كانت الشرطة تطارده فقفز إلى حديقة هذا القصر لكن الكلاب المتوحشة التي تحرس قصره انقضت عليه وأصابته بجروح وكادت تفتك به لولا مجيء (كونلين) سيد القصر لينقذه من الكلاب، عندما رآه كونلين عرفه فخاف هودجر أن يبلغ عنه لكن كونلين عالجه واستضافه عنده وأخبره أنه متعاطف معه فهو يعلم كيف يُظلم عمال المناجم.

دخل هودجر القصر مع رجاله وهاله ما رأى، كان كونلين ملقىً على الأرض وقد صفَّت دماؤه كلها ومُثل بجثته وإلى جواره عائلته في حالةٍ مماثلة، شعر هودجر بالحزن الشديد فخرج مسرعًا من القصر ومال على أُذن جفشن قائلًا:

- كم أسرة فُعل بها هذا؟

هزَّ جفشن رأسه بحيرةٍ وقال:

- لا أدري يا مولاي، العدد كبير وليس هناك إحصاءٌ دقيق.

- لماذا تعاملتم بهذه الوحشية مع الأثرياء؟!

- لن يقدر أحدٌ على كبح جماح الجائعين، كان إعصارًا ولم يقدر أحدٌ أن يوقفه.

ضرب هودجر جدارًا بقبضته فأدماها وهو يقول:

- لم يرد أحد كبح جماحهم، هكذا تصدقني القول يا جفشن!.

طأطأ جفشن رأسه ولم يعقب فقال هودجر:

- سنخطط في الغد لاستكمال مسيرة التحرر، وتعليماتي الجديدة هي عدم مهاجمة القصور؛ لا أريد همجيةً جديدة، عندما نتمكن سنصادر الأموال بنظامٍ لا يسمح بتكرار ما حدث.

- أمرك يا مولاي الملك.

ألقى نظرةً معتذرةً متحسرة على القصر، ثمَّ نظر لجفشن بحزنٍ وسار جواره عائدين للمقر الذي يدير منه دولته الناشئة ومعهما الحرس بكامل السلاح؛ كان هذا هو اليوم الأول الذي تستقر فيه الحياة وتقف الفوضى بعد أن وصلت لحدها الأقصى إبان ثورة هودجر الكبرى، وقبل أن يغادر للزحف نحو العاصمة عاد للقصر بعد أن أمر بتنظيفه ودفن الجثث باحترامٍ، وألقى عليه نظرةً أخرى معتذرة حزينة وقال بصوتٍ خفيض:

- كنت مدينًا لك مرة وعشت على أمل ردِّ دينك والآن أنا مدين لك مرتين لكن لا أمل في الرد... سامحني أيها الثري النبيل.

45

38

تحرك جيش هودجر زاحفًا نحو الشمال وكلما مرَّ بمدينةٍ انضم إليه جمع من الفقراء مسلحين بعصيٍّ أو سكاكين أو حتى حجارة، لم يكن معه من المال ما يشتري به المزيد من السلاح لكنه مع ذلك كان يملك جيشًا كبير العدد نصفه مسلحٌ بسلاح عالي المستوى والنصف الآخر أسلحته بسيطة لكنه مسلح بالحماس وكراهية الأثرياء.

في طريقه اشتبك مع بعض فرق الجيش الرادوني وانتصر عليها وبات قريبًا من العاصمة، بات هودجر بين رجاله المتفائلين بالنصر وبإقامة دولة العدل التي ترعى الفقراء وتبتلع ثروات الأغنياء، كان يمرُّ وسطهم ويسمع أغنيات العمال تتردد بين خيامهم فينتشي متذكرًا أيام عمله في المناجم والسمر مع زملائه ليلًا بعد انتهاء العمل الشاق، كان جفشن وزيمور الشاعر يرافقانه في تجواله الليلي فقال لزيمور:

- هل تسمع هذا الغناء البسيط يا زيمور؟.
- أسمعه يا مولاي، ما أحسنه!.
- كم يطربني غناء العمال؛ فهو نابعٌ من قلوبٍ صافية لأجساد كالَّةٍ من العمل متعبة العضلات لا تأثير للشهوة عليها.
- ما أروع وصفك يا مولاي!.

نظر هودجر للسماء ـوكان القمر بدرًا ـ فقال:

- كم هي جميلة هذه الليلة! كنت أرجو أن ندخل العاصمة مع اكتمال البدر لكن مسيرنا غير

المحسوب بدقة أوصلنا هنا الليلة على مسيرة يومين من هدفنا.
قال جفشن بحماس:
- يومان كفيلان بقتلهم رعبًا.
صمت هودجر وتنسم الهواء بتلذُّذٍ ثم قال لزيمور:
- هلا أنشدتنا من شعرك يا زيمور.
أغمض زيمور عينيه كأنه يستدعي وحيًا ثم قال:
- في ليلةِ البدرِ قَاسَينَا المسِيرِ
وعرفنا أينَ أمورُنا ستصِير
سنعيشُ في رغدِ الحياةِ، زعيمُنا
هودجر رحيمٌ عادلٌ وكبير.
صفق جفشن بينما اكتفى هودجر بالابتسام وقال:
- ما أحلى قسوة المسير!.
قال زيمور بإعجابٍ:
- ما أنبل مولاي هودجر!.
- بل قل ما أنبل قضيتنا وأعدلها.
كان يستخفه الثناء لكنه لم يحب إظهار ذلك، وكان يكتمه ويحاول قتل شعوره هذا بالذوبان في حبِّ القضية العادلة لفقراء الأرض المحرومين من السعادة والاهتمام.
بينما هم سائرون وسط الخيام أتى رجلٌ من شرق المعسكر واقترب منهم فأوقفه الحراس لكنهم عندما تبينوا وجهه خلوا بينه وبين الملك، فقد كان الرجل رئيس الاستخبارات وكانت أوامر هودجر تقضي بدخوله عليه في أيِّ وقت، مال

الرجل على أذن هودجر وهمس بكلماتٍ تغيَّر لها وجه الملك قليلًا ثم عاد لطبيعته وقال:

- حسنًا يا (درافي)، الزم خيمتك وانتظر أوامري.

أحنى درافي رأسه باحترامٍ وانصرف فسأل جفشن الملك عن الأمر لكن الملك تجاهله وقال لزيمور:

- أريد نشيدًا للأرض يكون شعارًا لدولة العدل الجديدة.

تهلل وجه زيمور بالفرحة، وشعر بالفخر وقال:

- سأعكف على الأمر من الآن يا مولاي.

نظر هودجر لجفشن وقال:

- اسبقني إلى خيمتي يا جفشن؛ فهناك أمر سأنهيه سريعًا قبل أن ألحق بك لنتناقش بشأن الخطة.

- أمرك يا مولاي.

انصرف جفشن للخيمة فنظر هودجر للبدر المكتمل ثم مضى لأمرٍ خطير.

في قصر رادون كانت هناك حركةٌ غير عادية، كان رئيس استخبارات الملك يريد مقابلة رادون لأمرٍ عاجل، استضافه كبير الحرس في مكتبه وأخبره أنَّ الملك في خلوته ولا يمكن مقابلته إلا بعد أن يخرج، اعترض رئيس الاستخبارات وحاول مناقشة الرجل لكن الرجل لم يعطه فرصةً للحديث فالأمر محسومٌ تمامًا.

كان الملك في هذا الوقت يقف أمام الحجرة الزجاجية يتأمل الجسد النائم ودموعه تسيل ببطء، كان يتذكر كلَّ الأحداث والانفعالات والمشاعر والخيالات، اكتظَّ عقله بكل شيء وجثم عليه الماضي بثقله فكاد يموت واقفًا، مسح دموعه بكفيه واستدار ليخرج من الخلوة وعندما خرج أخبره كبير الحرس بانتظار رئيس استخباراته، فدخل رادون مكتب رئيس الحرس وأغلق الباب فقال رئيس الاستخبارات بجزع:

- انكشف جفشن أكبر عملائنا في جيش هودجر يا مولاي.

قطب رادون جبينه وقال:

- هذا الذي اعتمدنا عليه ليخذل جيش هودجر في اللحظة الحاسمة وينسحب من المعركة؟
- هو يا مولاي، للأسف انتهى أمره وأُعدم الليلة هو وثلاثمائة من عملائنا وعلِّقت جثثهم على أعمدةٍ في الطريق.

صمت رادون محاولًا دراسة الموقف الجديد ثم قال:
- لن تعتمد الخطة القديمة إذن؛ علينا أن نجيش جيشًا أكبر ونحشد كل إمكاناتنا فالأمر ليس كثورة توبيل وبلسدان، الأمر أخطر بكثير.
- بالفعل يا مولاي ولا نملك كثيرًا من الوقت.
- فلتتخلَّ كل الحاميات القريبة عن حراسة المدن ولينضموا سريعًا للحملة التي نعدها لسحق هؤلاء الرعاع.
- حالًا يا سيدي، سأرسل أوامرك للقائد ستانزو.
انصرف الرجل مسرعًا لتنفيذ الأمر فجلس رادون دقيقتين ساكنًا كأنه ميت ثم قام فجأة؛ وبلهفةٍ شديدةٍ دخل غرفة إحدى محظياته وبعد قليلٍ غادرها لأخرى وأخرى حتى مرَّ بخمسٍ من عشيقاته؛ شرب من الخمر ما لم يشربه بحياته. كان كلما شعر بتوترٍ أغرق نفسه في الشهوات وهو الليلة اجتمع عليه خطر هودجر وخواطر ميرالا التى أثقلت مشاعره وضميره فغرق في شهواته وشرابه حتى اصفرَّ لونه وغاب عقله؛ فصعد لأعلى برجٍ بقصره ووقف على إفريز نافذته الضيق وأخذ يصيح وهو غائبٌ عن العقل تمامًا:
- اسقيني خمرًا وضُمِّيني
  فما غيرُ الشهواتِ يحييني
اختل توازنه فسقط من أعلى البرج وتهشمت رأسه! وعندما رآه الحرس لم يصدقوا في البداية لكن الخبر ما لبث أن انتشر ووصل إلى كلِّ مكانٍ بالأرض.

43

تحرك جيش هودجر لملاقاة الجيش الرادوني على أبواب العاصمة قبل إعلان وفاة الملك بساعاتٍ، وعندما وصل هودجر للمكان الذي عسكر فيه الجيش الرادوني بقيادة ستانزو تردَّد نبأ موت الملك فهاج جيش هودجر بالحماسة وأحس الجيش الرادوني بالضياع؛ وبدأ بعض القادة الكارهين لستانزو بالتململ وانسحب بعضهم فدارت المعركة بصورةٍ لم يتوقعها ستانزو ولا الرادونيون.

كانت مقتلةً عظيمة للرادونيين أعقبها تشتتٌ وانسحاب عشوائي، حاول ستانزو تثبيت الجنود لكنه صار قائدًا لا طاعة له فثبت وحده هو وبعض الرجال حتى قُتل وقتل كل من معه وصار الطريق مفتوحًا للعاصمة، فحطَّ عليها الجيش كالسيل وتفرق الجنود الجياع ينهبون ويدمرون كلَّ شيء.

حاول هودجر ضبط جنوده قدر الإمكان فقلل من جرائم القتل لكن النهب استمرَّ طيلة اليوم حتى اضطر هودجر لقتل بعض الجنود بتهمة مخالفة الأوامر ليهدأ الجند ويتوجه الملك برجاله للقصر الكبير حيث عرش رادون الشاغر.

لم يلق هودجر مقاومةً من الحرس فلم يعد هناك ملكٌ يحتاج الحماية، ومقتل ستانزو مع خلو ولاية العهد جعل الحرس في حكم العاطلين حتى ترك معظمهم مواقعهم ومن بقي كان قد وضع سلاحه وانتظر الملك المنتصر أملًا في الإبقاء على وظيفته في خدمة الملك الجديد..

دخل هودجر القصر ومرَّ بحجراته جميعها حتى وصل لمكان الخلوة التي اتخذها رادون لنفسه؛ فوجد الباب القوي موصدًا بإحكام.

أمر بتحطيم الباب وعندما دخل ونظر للغرفة الزجاجية وميرالا النائمة في سكونٍ أبدي أصابته الدهشة وقال:

- أي مريض كان هذا الرادون؟!

سأل أحد الحرس عن أمر هذه الجثة فأخبره الرجل بقصتها؛ فأرسل سريعًا في طلب بلاذاش ليتسلم جثة ابنته.

ذهب للغرفة الرئيسية وجلس على العرش الشاغر وطلب من الحرس القديم إحضار تاج رادون، أحضروا له التاج فوضعه على رأسه قبل أن يدخل إليه بلاذاش وقد ظهر عجوزًا متعبا يبدو أكبر من عمره الحقيقي بخمسة عشر عامًا.

أجلسه هودجر وابتسم بودٍّ وقال:

- انتهت معاناتك يا سيد بلاذاش، يمكنك استلام ابنتك ودفنها ومراعاةً لمعاناتك سأستثنيك من مصادرة الأموال.

قال بلاذاش بصوتٍ ضعيف مبحوح:

- لا حاجة لي بالمال يا مولاي الملك؛ أريد ابنتي وكفى.

هزَّ هودجر رأسه بتفهُّمٍ وأمر الجنود بنقل الجثة لبيت بلاذاش وملازمته للمساعدة في دفنها.

شكره بلاذاش بضعف ثم نهض لمرافقة الجنود إلى غرفة ابنته الزجاجية؛ وعندما رأى ابنته أجهش بالبكاء وأصابته

أزمةٌ شديدة وضيقٌ بالتنفس فأجلسه الحراس وأسعفوه حتى زالت عنه الأزمة، ورافقوه مع الجثة إلى قصره فأمرهم بحفر قبرٍ في الحديقة ودفنها فيه، وعندما أنهوا الدفن رأوه مبتسمًا وهو يقول لهم:

- ادفنوني مع ابنتي.

ظنوا أنها وصية يريد تنفيذها في المستقبل؛ لكنه سقط بعدها ميتًا بالفعل فعرفوا أنَّ كلماته كانت آخر أوامره لهم.

دمعت عيونهم وهو يهيلون عليه التراب ليستقر الأب بجوار ابنته التي انتظرت جثتها اليوم الذي يموت فيه الأب كي ترافقه في القبر.

أما جثة رادون الذي أذاقهم بجنونه هذا العذاب فقد أخرجها أحد الجسبلتيين الحاقدين الذين انضموا لجيش هودجر بعد هزيمة توبيل وبلسدان؛ فمزقها وشوهها قبل أن يقبض عليه زملاؤه ليعيدوا دفن الجثة ويحاكمه الملك محاكمةً عسكرية تقضي بإعدامه؛ لكن تدخُّلَ زملائه خفف الحكم للسجن المشدَّد.

دانت الأرض لملكٍ جديد طموحه عظيم، ملكٌ من الفقراء.